BLUE GIANT SUPREME

[블루 자이언트 슈프림]

ISHIZUKA SHINICHI
PRESENTS

5

Shiniohi ISHIZUKA

CONTENTS

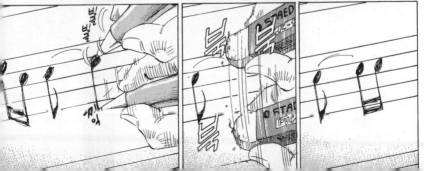

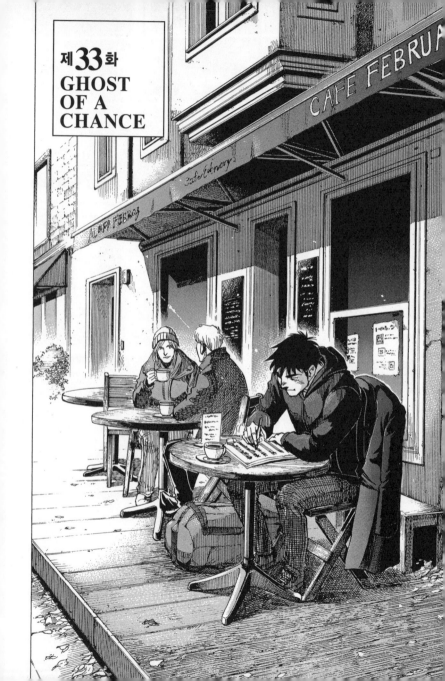

제 **33** 화
GHOST
OF A
CHANCE

받아!!

주선율과 코드밖에 안 적어놨지만.

으응.

! …뭐야, 오늘은 리더가 작곡을?

7

…………

시시한 거면

자, 브루노.

자, 여기 한나 몫.

가만 안 둬!!

좀 심한데?

이건

D….

아직은
익숙지가 않아서.

가끔 이런저런 곡을
쓰긴 했는데

꼭 어린애가 쓴 것 같아.

8

라는 건
알겠는데.

심플하고
그렇게까지
빠른 곡은
아니다

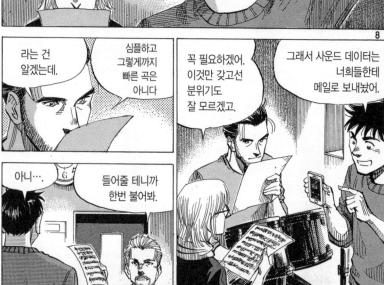

꼭 필요하겠어.
이것만 갖고선
분위기도
잘 모르겠고.

그래서 사운드 데이터는
너희들한테
메일로 보내놨어.

아니….

들어줄 테니까
한번 불어봐.

이 곡은 각자 혼자 있을 때 들어주었으면 해.
왜냐하면 이 곡은 혼자 있을 때의 기분을 적은 거니까.
혼자 있을 때 들어보고, 각자에게 샘솟은 이미지를 끌어모아
밴드 전원이서 같이 완성하고 싶어.
제목만이라도 가르쳐주실래요? 리더.
The title is, 제목은
〈I' m here〉.

여어, 라파.
지금 '캣런'에 있는데.
잠깐 들러주면 안 될까?

여어,
호레스.

할 얘기라는 게
뭔데?

흐~음…

그게 어찌나
형편없는지…

CATRUN
LIVE MUSIC

OPEN

이 자식~~
갑자기
우릴 버리다니!

여어!
왔구나, 라파!!

뭐~~가
'보다시피'야.

'라파는
어디 갔어?' 라며
우왕좌왕하고
있다고.

우리뿐만이 아니야.
너랑 연주했던
사람들 모두

그래서, 어디서
뭘 하고 있는데?

밴드에
들어갔어.

멀쩡히 살아
지금 여기에
있잖아?

보다시피

11

다음 주 금요일
세션 두 세트,

프리 드러머를
고수하던 네가?!

밴드?

우리랑
연주해줬으면 좋겠어.

그래서?
할 얘기라는 게 뭔지
이제 말해줄래?

응,
스케줄도
전부 캔슬하고.

그 누구와도.

이 밴드가 끝나는 날이
올 때까지
다른 그 누구와도
플레이 안 해.

아직 투어도 뭐도
시작되지 않았지만,
난 이미 밴드에
들어갔어.

'라파는 이제 끝났다',
'베를린에는 설 수 있는
무대가 없다' 라고.

너를 아는
녀석들 대부분이
이렇게 말했거든.

네가 빠져나간 방식이
너무 심하게
갑작스러웠던 거야.

솔직히 말해
라파.

너 지금
좀 위험해.

왜?

난 이제야 겨우
시작된 거야.

그건 정반대지,
호레스.

그렇게 알고,
다른 사람들한테도
안부 좀 전해줘, 호레스.

베를린에서 연주할 수 없다면
다른 도시에서
하는 수밖에 없지.

············

소개장은?

CD는?

없습니다.

없습니다.

음원은?

없습니다.

그럼…
우리 집에선 무리야.

피아노 소리가
안 나는데…

웬일이지…?

어쩐지 기뻐하는
눈치로군…

라파엘 보뇌?

베이스는?

네,
그가 드러머입니다.

한나 페터스요.

잘 모르겠는데….

피아니스트는?

브루노
카민스키요.

브루노?!
안 돼, 안 돼!!
그놈 얼굴은
절대 보고 싶지 않아.

뭔가 넓은 장소가
떠오르는데…

어디일까?

코드도 좀 더 잘 맞는
다른 코드로
바꾸는 게 낫겠어.

그나저나
악보가
실수투성이야.

내가
수정해주지….

다음번 연습 때까지

넓은 장소….
하지만 도시는 아니야.
햇빛은… 강하지않고.
어디일까…?

오오,
'모렌 5' 네?

21

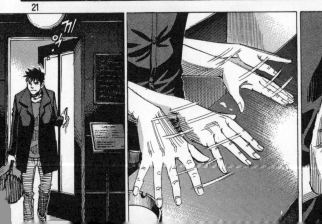

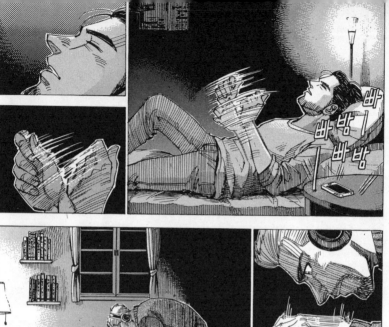

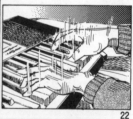

22

Dai Miyamoto.
다이 미야모토.

It's me.
제가 붑니다.

아뇨,
일본인이요.

Are you Chinese?
중국인인가?

Dai…?
다이….

일본인….

으음―….

우리 집은…
좀….

제가 색소폰을 불 테니,
듣고 난 다음에
정해주실 수 없을까요?!

이, 일단
들어봐주시면
안 될까요?

…으~음.

뭐…
나야 상관없지만.

네!!
기다리겠습니다!!

정말요?!

저 쇼가 끝나고
손님들이 다
빠지고 나면.

괜찮을
경우에는요?

만약
제가 불어서

그럼
이따가 보세.

저기, 그리고…
만약에 제가 불어서
괜찮으면.

다행이다!

괜찮으면?

여기서
라이브 하라고
약속해줄 수
있을지도.

그때는

26

저 피자 한 조각만
주세요!!

제34화
I MEAN
YOU

MUSIC LAND

…새싹.

봄의 천사가
왔구만.

웬일로
아침부터 손님이
왔나 했더니.

난 또….

Guten Morgen.
좋은 아침이야.

이번 주 내로
줄게,
요제프.

밀린 월세
말이지?

알아.

이번 달….

오래 알고 지낸 사이에 존재하는 신뢰라는 게 저놈한테는 없는 건가?

쪼잔한 놈.

나 참···. 하루가 시작되는 마당에 얼굴을 디밀다니.

가끔 밀리긴 해도 꼬박꼬박 어떻게든 지불해 왔는데. 애당초···

Dear Boris,   보리스에게.

Last week, after many days in Berlin, the band started Haindl introduced all you introduce

지난주 베를린에 온 뒤로 여러 날이 지나 마침내

33

하인들 씨는 보리스의 지인이니.

그래서 정말 감사드려요.

하인들 씨가 소개해준 멤버들이에요.

밴드가 정해졌습니다.

호오···.

지금 두 가지
문제가 있습니다.

**Everyday, we practice
day and night.**
우리는 날마다 대낮부터 밤까지 연습하고 있습니다.

많이 싸우고
있어요.

주먹질까진
안 하지만.

둘째는
밴드명이 아직
정해지지 않은 것.

하지만
분명

첫째는
오리지널 곡이
잘 완성되지 않는 것.

We can solve all problems.
우리는 그 문제들을 해결할 수 있을 겁니다.

'문제가
해결되기를' …

'바라네' …

메일
또 보낼게요.

140유로…
OK.

오버홀과 패드
전체 교환해서
140유로입니다.

잠깐만 불어보고
가도 될까요?

그러시는 게 좋을 겁니다.
혹시 모를 미세조정을
여기서 바로 할 수
있으니까.

고맙습니다.

딸
딸
딸
라
라
라
롱
롱
롱

'뮤직랜드'
입니다.

내가 영국 귀족인데,
거기서 파는 악기를
전부 매입하고 싶소.

돈은 필요 없으니.

알겠습니다.
바로 보내드릴 테니,
대신에 빈티지 아이리시
위스키를 100병만
보내주십시오.

좋소.
내가 더블린 왕에게
부탁해주리다.

오랜만이야, 아빠.
잘 지냈어?

흥….
런던이냐? 라울라.

프랑크푸르트에
출장 가는데,
이왕 간 김에
함부르크까지 가려고.

23일?
무슨 일 있어?

그래, 눈이 좀
나빠진 것 빼고는.
웬일이냐? 갑자기
전화를 다 하고.

23일 저녁에,
아빠 시간 있어?

괜찮으면 식사라도 어때?
내가 살게.

보나마나 혼자서
건강에 안 좋은 식사만
하고 있을 것 아니?

'불쌍한 아비에게
자비의 빵을'.
뭐, 그런 거냐?

그렇지.

기쁜데?
23일 비워두고
기다리마.

앗싸!!
그럼 23일에
프랑크푸르트에서
연락할게.

감사합니다.

찰
칵

그렇다니
다행이군요.

무슨 일 생기면,
또 가져오세요.

완벽하던데요?

네.

어떤가요?
악기 상태는.

으응.
외동딸.

뭐야, 보리스.
너
딸도 있었냐?

그래서, 얼마 만에
만나는 거야?
딸내미는.

호오~
그래?

이 나라 수상처럼
화술이 뛰어난 딸내미지만.

그건
네 딸이 맞아!!
좋은 레스토랑
있으니까,
내가 예약해줄까?

그래 주면 고맙지.
부탁 좀 해도 될까?

글쎄? 만나면
'건강 좀 챙겨라' 라며
하도 잔소릴 해대서
입을 꽉 다물어버리지만.

분명 2년… 아니,
한 3년 만이군.

3년이나?! 와아—.
그럼 엄청
기쁘겠구만.

오늘 스튜디오에서 '모렌 5'라는 밴드와 우연히 마주쳤습니다.

Dear Boris,

Today, we met members of MOREN 5. It was a happening

Hannah was in MOREN 5 befo
She was very emotional and s
said to them "Come and Liste
'모렌 5'는 sound!".
한나가 예전에
속해있던 밴드예요.

She is serious.

괜찮아, 받아.

잠깐 실례.

보리스에게

한나는

she will beat them.

그들을 이길 셈이에요.

그들에게 '우리 라이브에 와서 음악을 들어라'라고 힘주어 말했습니다.

한나는 몹시 감정적으로

누구한테서 온 거야?

그녀는 진심입니다.

아하~
걸프렌드인가?

베를린?

베를린에 있는
젊은이한테서.

이노베이티브
(혁신적)한
재즈 플레이어야.

뭐랄까,
대단히 흥미로운
청년인데…

일본인.

색소폰
주자야.

일본인?

호오….

40

네가 요즘
생기가 돌더라.

그래?

지금은 내 손을
벗어났지.
메일만 받고 있어.

…어쩐지.

찾으시던
*리가처가
오늘 입하돼서
알려드리려고요.

뮤직랜드의
뢰클입니다.
네… 맞아요.

MUSIC LAND

※악기의 발음원이 되는 리드를 잡아주는 고정쇠.

네….
그럼 다음에 뵙죠.

네…
그러세요?

둘 다 입하
되었습니다….

네, 클라리넷도,
색소폰도

아아…
인터넷으로?

네?

41

이제 점포라는
형태가 사라치는
시대인가…?

뭐든지 주문 배달이
가능하구나….

보리스에게.

Dear Boris,

Our live day decided.

It's on 23rd from 7 p.

at "DG CO

라이브가
정해졌습니다.

웅...!

23일
저녁 7시,
'DG 코너'에서
합니다.

!!

42

밴드명조차
안 정해졌다더니…?

라이브라…
곡은 괜찮나?

If you OK,
please

보리스만
괜찮다면,
부디

se come.

부디
와주세요.

'미안하지만 D,

그날은 선약이
있어서'….

23일이면…

우리 딸이 런던에서
오는 날인데.

…………

안녕하세요.

안녕하세요.

딸랑

43

네가 하기에는
아직 일러. 알겠지?

좀 더
언니가 된
다음에
시작하자.

프랑카.
이건 좀 더 큰
다음에.

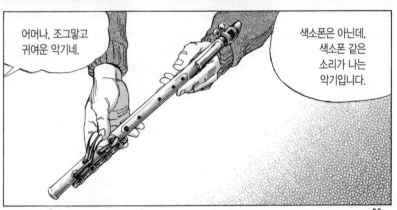

44

그러게, 소리가 나네.

소리 나―.

카하하….

일본도 악기를 만들 줄 아나요?

게다가 아주 재미난 연주자도 있고.

좋은 악기를 만들죠.

그건 일본제예요.

45

콰앙

분명 창조성이 풍부한 나라일 겁니다.

일본은.

라이브가
정해진 뒤로

보리스에게.

맙소사…

멤버들 사이에
싸움이 훨씬 더
잦아졌어요.

언젠가는
큰 페스티벌에도
참가하고 싶어요!

이 밴드로
유럽을 돌려고
생각 중입니다.

그러려면
연줄이
필요한데.

매니저 건,
긍정적으로
생각해 주세요.

Can you connect somebody?

If you become our manager,
I'm very happy.
Please consider about it.

We will make all live success.

우린
모든 라이브를
성공시킬 생각입니다.

하인들 씨처럼,
당신이
다른 나라 분들도
소개해주셨으면
좋겠습니다.

그들에게 힘이 되어줄 만한 건….

이 나이에

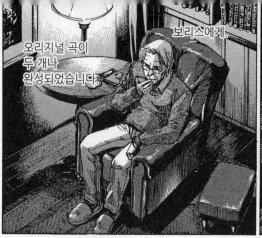

보리스에게.

오리지널 곡이
두 개나
완성되었습니다.

브루노의 곡은
한나가
수정했어요.

제 곡은
브루노가
수정하고

Wow….

48

21

My piece is fixed
Hannah 듀오곡을때 Br
굉장히 강한
곡입니다.
Two pieces are
very strong.

Our members
strong skills.

우리 밴드 멤버들은
대단한 녀석들이에요.

이미 입금했어.

자넨 신뢰라는 것도 없나?

이봐, 요제프.

오, 이제는 못 내는 줄 알았는데.

신뢰라는 건 그런 게 아니니까.

하긴, 세월의 길이도 상관없지.

오래 알고 지냈다 해도

돈 문제는 별개니까.

Five hours later 드디어
5씨간 후에
our live will beg 라이브입니다.

원래
독일 관객들은
앉아서
조용히 재즈를
듣지만

작은 가게지만

오늘은
토요일이라
손님들이
어느 정도
들어올 거래요.

everybody
모든 관객들을

tonight, we make
우린 오늘 밤

standing
알으켜 세울 겁니다:

No reason
이유는 없어요.

But 하지만

꼭 해낼 겁니다.
We can do.

미안하다,
라울라.

팟

텁석

Taxi!!

제35화
INNER
URGE

라이브 90분 전

형편없으면
나오고.

한번 가보자,
재즈는 재즈니까.

나 이 밴드
모르는데….

들어갈까?

…………

How do you feel?
기분은 좀 어때?

푸우ー

방금 손님이
두 명 들어갔어.

Special(특별)한
밤이야.

오늘 밤은

같이 팀 짤
사람을
찾아다녔어.

폴란드를
떠나고 줄곧

Special?

57

누구와 팀을 짤지는 절대
타협할 수 없었으니까.

근데 찾지를
못했지.

뭐에?

져?

난 승부에서 지고 폴란드를 떠나왔어.

2차 예선까진 통과했는데, 본선은 나가본 적이 없어.

나름 큰 클래식 피아노 콘테스트.

콘테스트에서 지고 떠나긴 했지만

그건 어디까지나 계기일 뿐.

내 피아노가 클래식 같다느니

폴리시 재즈라느니 떠드는 놈들이 있는데

그건 큰 착각이야.

재즈를 존경해왔어.

난 어릴 때부터 쭉

재즈는

아름다워.

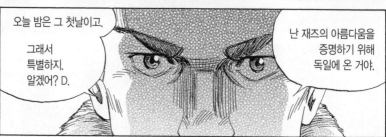

난 재즈의 아름다움을
증명하기 위해
독일에 온 거야.

오늘 밤은 그 첫날이고.

그래서
특별하지.
알겠어? D.

I see.
그렇구나.

....

이 집 피아노는
상당히 낡아빠졌지만,
분명 잘될 거야.

라이브 60분 전

네.

사비니플라츠로 가주세요.

불과
열흘.

그 4명이
팀을 짠지

라이브를 열기까지
얼마 안 걸렸는데…

과연
밴드는

모양새가
갖춰졌을까?

부웅

각자 국적은 달라도 싸움은 이곳 베를린에서부터.

일본인과 독일인과 폴란드인과 프랑스인.

베를린 필하모니에는 다들 기립박수를 쳐주지만, 재즈에는 앉은 채로 박수치는 풍토….

독일은 전위적인 재즈에 대해 관대한 지역이다.

하지만 그것도 클래식이라는 기반이 견고하기 때문이지.

그것이 콰르텟을 이루며 과연 어떻게 변화될지….

D와 한나에게 손을 빌려주고 싶어진 건 그들의 필사적인 태도 때문이었다.

그들의 필사적인 마음이 전달되지 않는다면 안타깝게도 그들에겐 미래가 없겠지….

재즈에 대해 따뜻하면서도 시큰둥한 이 베를린 땅에서

라이브 45분 전

How do you feel?
기분은 좀 어때?

어?
오케스트라?

베를린 필에 여성이
몇 명 있는지 알아?

…저기, D.

일반적으로
피아노 콩쿠르는 여성의
비율이 훨씬 높아.

오페라나 발레 쪽에는
전 세계적으로
활약하고 있는
여성이 당연히
수두룩하게 있고.

아직은 전체의
15%지만, 점점
늘어나고 있지.

약 20명이야.

그렇구나.

아…

왜 재즈는

남성들만
활약하는 걸까?

그런데도

그런가?
하지만

엘라 피츠제럴드나
빌리 홀리데이나 사라 본 같은
사람도 있잖아!!

혹시 재즈는

시대에
가장 뒤처진
음악인 걸까?

다들
싱어잖아.

…뭐,
그렇긴 하지.

63

왜 그래?
한나.

오늘 밤엔 예전 밴드인
'모렌 5' 멤버들이 올지도
모르잖아?

뭐?

여자라서야.

내가

그들을
이기겠다더니?

스튜디오에선

그래.

'모렌 5'···
그들이
날 자른 것도

같이 팀을 짜고 있는
사람들조차
'여자네' 라고 보는 게
이 바닥이지.

세간 사람들뿐만
아니라

그러지 않고선
이 답답한 세계에서
앞으로 나아갈 수
없으니까.

난
반드시 이길 거야.

라이브 30분 전

끼익..

네에.

스카치 온더록이랑
미네랄 워터 주시오.

초대받고
온 건데.

오늘 나오는
밴드 주자와
아는 사이라

그러셨군요.

70%…
그렇소?

지금은 이런
느낌이지만,

오늘은 토요일이라
70% 정도는
찰 겁니다.

손님은 좀
들어올 것 같소?

마침 공석이 나온
스테이지에
세우기로 했죠.

색소폰 주자가
재미난 데몬스트레이션을
보여주더군요.
드럼도 아는 친구라

리허설도
별 문제 없이
잘했고,

퍼스트 라이브라는 게
여간 어려운 일이
아니라.

근데…

그들의 중요한
퍼스트 라이브인데,
정말 고맙소.

그렇소…?

큰 실패만 안 하면
성공이죠.

큰 성공을 거두는
경우는 거의 없고,

라이브 20분 전

그 발,
그만 좀 탁탁거려.

D,

그래,
내 리듬 헝클어지니까
그러지 마.

아, 미안.

어?

내가 방금
발로 소리 내고
있었어?

한 가지
질문이 있는데.

이봐.

아니.

....

이제껏 같이 연습하면서,
내 솔로에서 크게 주목할 만한
부분이 있었어?

역시
그렇구나.

오호라.

그렇단 말이지…?

예전에는 거의 날마다
무대에 올라갔어.

라파는 드럼을
잘 치잖아?

솔로 운운하는 건
차치하더라도

매일 숨 쉬듯이
무대에 올라가
드럼을 두드렸지.

근데 드럼 치는 의미가
좀 달라지기 시작해서.

응.

도대체 뭐가 문제인데?

다들

근데 우리 넷이 모인 뒤로는 무대에 서고 있지 않아.

무대보다는 밴드에 시간을 바쳐왔어.

즐겁게 연주할 수 있으면 좋겠어서.

오로지 '즐거움' 만을 추구하고 있었는데…

난

69

라이브 10분 전

토요일에 이 가게는
늘 이런 식이야.

연주와 상관없이
손님이 많이
들어오는 게
토요일 밤이지.

꽤 많이
들어왔네.

호오—.

감사합니다.

영광이야.

악수 좀 해주게.

자네들, 일전에
TV에 나왔지?

이 밴드 말이야.

어떻게 되다니?

우리 '모렌 5'도 이 동네에선 꽤 유명해지기 시작한 건가?

그보다 어떻게 될까?

제대로 들을 수 있을지….

과연 몇 분이나

우리를 떠나고서 베이시스트다워졌어야 할 텐데.

그녀만 주장을 잘 억누르면, 웬만큼 모양새가 나오지 않겠어?

우선은 한나지.

브루노라는 피아니스트는?

스튜디오에서 만났을 때 화내고 있던 녀석 말이지? 들어본 적 없어.

색소폰은?

그 일본인? 전혀 모르지.

라파엘은 알고 있지?

아아, 라파엘 보뇌.

깔끔하고 좋은 드럼을 치지. 베를린에선 꽤 유명한 프랑스인 드러미잖아.

기대해봤자
더 불쌍해질 뿐이지.

무리야.

밴드를 결성한 지는
아직 한 달도
안 됐어.

인터넷을 보니
전원 20세 남짓이고.

과연…
괜찮을까?

첫 번째 곡만
듣고 돌아가자.

웅성

웅성

웅성

웅성

오리지널 곡인
《I'm here》를 연주하고,
스탠더드 한 곡.

그리고 발라드,
마지막이 브루노의
오리지널곡.

시간 다 됐어.
곡 순서 다시 한 번
확인할게.

웅성

웅성

살짝

난 재즈로
이기고 싶다.

오늘 밤

당연한 것
아냐?

뭐?

Play straight JAZZ,
재즈의 왕도로

and win.
이기고 싶어.

힙합 같은
재즈처럼

뭔가를 가미한
재즈가 아니라

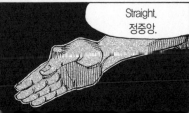

Straight,
정중앙.

…다행히
안 늦었군.

지금 네 상태가
제일 이상해. D.

말은
안 했지만…

무슨 말이
하고 싶은 거야? D.

New standard.
새로운 왕도를.

낡은 재즈가
아니라

75

그것이 오늘
시작되는 거야.

그러기 위해선
항상 변화하며
지금 이 순간과
지금 이 관객들을
연결해야 해.

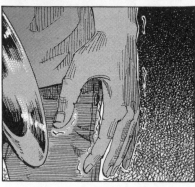

라이브 2분 전

멤버들이
무대로
올라갈 때는
조용히
지켜본다.
박수는
없이…

내가 독일에서
관람했던
다른
라이브처럼

제36화
CAN'T
DANCE

하하
…

…하
…

D 녀석…

괜찮나?

삼촌!

79

차가 막혀서,
아슬아슬하게
도착했지 뭐야.

왜줬구나.

오랜만이야.

난 재즈를
잘 몰라서.

그거야 상관없지만

늦지 않게 와서 다행이야.
일단 들어봐.

또 점수
매기러 왔나?

재즈 팬의 취미는
워낙
가지가지라⋯.

뭐,

80

조급해
해?!

ー왜 그래?
한나!

왜
그렇게
너무 달리고
있잖아!!

83

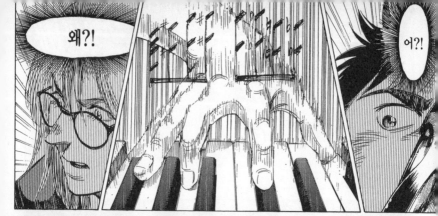

왜?!

어?!

아직 초반이야,
브루노!!

그 컴핑은
오버야!!

안 되겠어.
뻘뻘이 흩어지기 전에
치고 들어가
정리해야지!

내가 들어가는 건
예정상
16소절 이후지만

bass
Piano 40

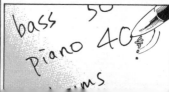

분명 앞당겨
들어간 것 같은데,
옳은 판단이야.

거의 공중분해
직전이었어…!

끔찍한데?

이건.

첫 시작부터
빨·빨이
흩어져…

곡의 테마도
제대로
불지 못하고
지나쳐버렸다…!!

시작하자!!

다시 한번
테마로
돌아가

다시
한번!!!

86

한템포 뒤쳐졌다…!!

솔로로 안 넘어가?!

두둥 둥당

나쁘지 않은 선택이지만, 아직도 모르겠어? D.

데마로 돌아갔군…!!

87

브루노는 못마땅해 하고 있어.

왜 이렇게
거칠어?!

왜 그래?
브루노!

D 녀석…

어디서
리더 행세야!!

난감한데…

이건 너무

테마가 테마 구실을
못하고 있다.

88

솔로로!!

D,
이제 더 이상은
무리야.

솔로로 넘어가.

알았어,
갈게!!

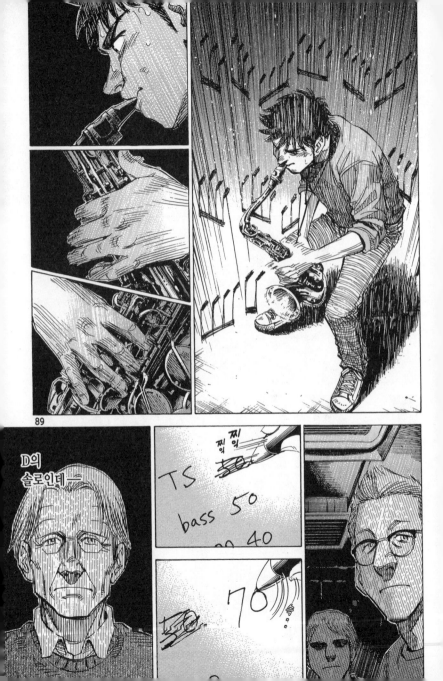

D다운 맛이

느껴지지 않는다….

만회해주겠어!!

오케이, 내 솔로로

브루노!!

시작해.

!

꿀꺽?

이봐!!

브루노!!

...돌아겠다.

첫 번째
곡이
끝나기도
전에

네 코드 체인지
스피드를──

내가
못 쫓아가겠어!!

분명
저
두사람은

한나가
전에 있던
밴드의…

92

94

아니, 그런 문제가 아니지….

흥….

첫 번째 곡에는 내 솔로가 없었으니까.

30%…. 아니, 40%는 빠져나갔군.

자, 시작하자. 원…투….

당 따 따 드드 따 따

밤 빠 밤 빠

라파엘만 빼고
서로 맞추기
힘들겠군.

오늘 밤은

파
아
ㅅ

미안하지만,
오늘 밤은 이만….

손님의 60%가
돌아갔다….

4곡으로 1시간짜리
라이브—.

브루노.

라파….

한나.

99

we no forget.
잊지 말자.

Tonight,
오늘 밤을

독일에 오고 나서

수백 번 라이브를
해봤지만—

최악의
라이브였어….

제**37**화
MY SHIP

잘 들어, 한나!!
전부 그 템포
실수로부터
어그러지기 시작했어!!

도저히
뭐?!

…나 자신도
잘 모르겠어.
억누르려 해도
도저히….

회복 불가능한
지경까지 가버린 게
오늘 라이브라고!!

첫 시작부터
어그러져

나빠질 계기를
만든 건
한나니까!

그러니까 마치
다 한나 잘못인 것
같잖아.

잠깐만, 브루노.
그건 말이
너무 심하지.

어그러짐의 폭을
더 키운 건
브루노, 너야.

하지만 넌
악보에도 없는
짓을 했잖아.

너무
빠르긴 했어.

물론 내 템포가…

mistaked.
실패한 거야.

Everybody,
다 같이

우린 지금
실패의 원인을 하나씩
밝혀내고 있는 거야.

왜…
웃는 거야?!

그렇게 싸잡아서
말하지 마.

왜 저런
표정을 지어?!

107

오늘 밤 처음으로
관객들 앞에서
합쳐보았어.

기술은 결코
떨어지지 않는
우리 넷의 요소를

그리고, 형편없는
화학반응이 일어났지.

나 역시 D와 마찬가지로
우리 모두의
'화학반응'의
문제라고 생각해.

브루노.

분명...
개선할 수 있어.

형편없는 화학반응이
일어났다는 건

일어날 거라는
뜻이니까.

분명 좋은 화학반응도

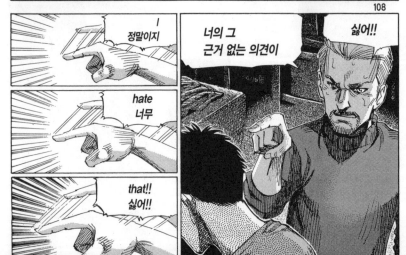

I
정말이지

hate
너무

that!!
싫어!!

너의 그
근거 없는 의견이

싫어!!

fix.
있어.

We can,
개선할 수

왜 자꾸
웃는 거야?!

제장….

워워… 기다려, 브루노.

그 웃음부터
설명해!!

잠깐만 실례.

여어, 여러분.

안녕하신가?

...
누구지?

너무 신경 쓰지 마.
아직 젊으니까.

자네도, 너무 그렇게
신경 쓰지 마.

기죽어선 안 돼,
알았지?

이런 날도
있는 법이지, 암.

좋은 밴드의 조건은 무엇인가? 라고 누군가 물어본다면

난 이렇게 대답할 거야.

'결성 초기에 역경을 헤쳐나가는 것'이라고.

결성하기는 했지만, 그래봤자 고교생 밴드라 악기도 변변히 연주하지 못했지.

1976년, 더블린에 사는 고등학생들이 모여 밴드를 만들었어.

하지만 그들은 계속 앞으로 나아가는 길을 택했고, 서로의 손을 놓지 않았지.

몇 년이고… 몇 년이고.

3년 반이 지나고도 라이브는 반도 안 찼어.

그리고
기적의 록밴드라
불리게 되었어.

그게 바로 'U2'야.

행운아야.

오늘 밤 자네들은
최악이었지만

또 보자.

잊지 마!!

너희들 모두
더럽게 행운아라고!!

112

아주 대놓고
'최악'이라고 했어…!!

저 자식,

뭐야, 방금 저건?

부우웅

좀 더 환영받을
만한 날로
해야지.

오늘 밤이 아니라

응.

삼촌, 정말
대기실에 안 들러도
괜찮아?

실패한 날
'잘했어' 라는
소릴 들으면

그래.

그야말로
죽고
싶어지니까.

어떻든?

그래서…

웬만한 일이 아닌 한,
'흔들리는' 법이 없지.

드러머,
그놈은 상당히
경험치가 높아.

아마도
그 때문이겠지만,

114

분위기를 못 맞춰.
걔, 성격
삐딱하지 않아?

피아노는 유난히 기술이
뛰어나게 들리긴 하는데

플레이가
너무 늙수그레해.

살의 같은
분위기가 감돌아
난 좋았어.

베이스는 괜찮던데?
로큰롤이야,
그 아가씬.

딱딱하다면
딱딱하지만.

처음엔
'순 엉터리구만' 이라고
생각했는데…

색소폰은

만약에 그게 재즈라면,
좀 더 보고 싶다는
생각이 드네.

솔로 때는
순간적으로
소름이 돋았어.

…그렇게 말해주니
위안이 되는구나.

116

스톱!! 스톱ー!!

너무 지나치게 맞추려고 애쓰고 있어.

도대체 왜들 이래?

이런 식으론 며칠을 해도 안 맞아.

오늘 네 드러밍은 약해.

그건 내가 할 소리야, 라파!!

네가 약해서 소리가 모이질 않는 거라고!!

이게 내 탓이라고?

뭐엇?

아니, 아무것도 아냐. 다시 한 번!! 좀 더 세게 쳐볼게.

뭐가 '어라?' 야?

어라?

나답지 않군.

밴드에
이의를
제기하다니─.

브루노한테도
순간적으로
화가 치밀었어.

나 자신조차 알 수 없게
되어버린 건가…?

젠장!!

하나도
안 맞잖아!!

118

오늘은
멈추면 안 돼.

브루노.

진짜,
도대체 왜 이러지?!

브루노.

와
락

너 언제까지
리더 행세할 거야?!

작작 좀 해, D!!

으…

오늘은 멈추면…
안 돼.

어제 그 라이브의
다음 날이니

왜 웃지?!

척
컥

…한나.

촤
아
악

커피라도
사러 갔겠지.

한나는?

한나는 이렇게··· 마음을 다잡으며 울고 있어.

상처 입었구나.

···그래.

아무것도 모르면서.

멤버들에 대해

리더를 하고 싶어 는 무슨.

121

어떻게 해야 잘 이끌어갈 수 있을까···?

앞으로

122

연습 중에 미안한데,
시간이 없어서.

지금 당장 다들
집으로 돌아가 짐 싸!
알았지?

보리스가 세팅한
다음 라이브는 이틀 후
로젠하임에서 열려.

요컨대, 오늘 밤 떠나지 않으면
현지에서 리허설 할
시간이 없다는 뜻이지.

…당신 도대체
무슨 소릴 하는 거야?
멋대로 들어오지 마.

누구시죠?

저어…

오늘부터 이 밴드의
운전기사지.

난 보리스의 조카인
가브리엘이야.

이 녀석은 내 짝꿍인
스팍이고.

124

CITY HOSTEL BERLIN

그래,
조심히 가라, D!!

다음에 언젠가 또 보자!!

너무 낡아빠졌는데.
괜찮겠어?

저 차로?!

맙소사.
설마…

이 둥둥
떠있는
듯한
느낌은.

뭐지…?

제**38**화
CARAVAN

다들―
아직도
그 라이브에
연연하고
있구나….

자, 지금부터
이 배에 관한
중요사항을 전달하겠다.

이 배 안에서 두 번째로
높은 건 나다.

그의 산책과
건강상태.

바로 이 '미스터
스팍' 이야.

첫 번째는
너희가 아니라

Yes!

이게 최우선이다.
알겠지?!

이 가브리엘 님의 존함을
'가브' 라 부르게 해주는 것이다.

너희에게 주어진
권리는 오직 하나.

너희 한 사람, 한 사람이
어떤 자리에 앉을지도
내가 정한다.

핸들은 내가 잡는다.
다른 누구도
건드릴 수 없어.

하루에 8시간 이상 달리겠지만,
2시간에 한 번은
휴식을 취할 것이다.

100?!

너희가 몹시 운이 좋은 건,
내 드라이버 수고비가
기름값을 빼고 하루에
단돈 100유로라는 점이다.

하루를 통째로 쓰는데
단돈 100유로라고.

아무리 장거리를 뛰어도
100유로.
자원봉사나 마찬가지지.

흥. 이게 얼마나 후한
바겐세일 가격인지
모르는구나?

그런 거금을
지금의 우리가
무슨 수로 내?!
너무 비싸!!

Please tell,
투어에 대해

about tour,
알려주시겠어요?

아무리 짧은 거리라도
100유로라는 뜻이군.

그렇지.
그런 날이 있으면
최고겠지만.

우선은 보리스가
그의 인맥으로 세팅한
몇몇 클럽을 돌 거다.

OK. 애당초 이 투어는
보리스가 던진 제안에
내가 응한 거야.

131

우선 베를린에서
대실패를 했으니,
나쁜 소문이 퍼지기 전에
이 배로 그 소문과
경쟁해야 해.

부
러
다
다

그리고 이 배의
목적은 하나.

그 후에는 자력으로
연주할 가게를 늘려나가야지.

좋은 연주를 선보이면
플레이하게 해줄
가게가 늘어날 거야.

실제로
'스팍' 이라고 부를 때만
대답하지.

미스터 스팍은
개가 아니라
발칸인과의 혼혈이야.

바보 같은 소리
하지 마, 브루노.

'개' 라고 불러봤자
돌아보지도 않아.

이봐, 가브. 이 발칸,
지금 당장이라도
물어뜯을 것 같은데?

크르르르릉··

오늘 네 자리는
거기다.

스팍···

여어.

············

아아, 친해지려면
시간이 꽤 오래 걸릴걸?
그때까지는 계속 물 거야.

우아아아아

난 폴란드어랑 영어.

너희들 어느 나라 말 할 줄 아냐?

자력으로 부킹할 때를 대비해 알아두고 싶은데…,

독일어, 러시아어는 약간.

영어 약간.

난 일본어랑

난 독일어, 영어, 덴마크어랑 네덜란드어.

134

…안 되겠어.

멀미 났어….

라파엘은? 프랑스어 말고?

일본어?

별 도움도 안 되겠군.

우웨에에엑‥

뭐야, 저 자식?
한심하게….

프랑스어,
영어, 독일어….

난…

언어는 어떻게든
되겠구만.

오호라.

고맙다,
라파!!

이 자린
아주 쾌적해.

좋네.

우얏?!

가브!!

앗!!
잠깐만….

위험한 것
같은데요.

휴대폰 보면서
운전하는 건

시끄러,
잠깐만 기다려.

잘 감시하지
않으면
위험하겠어.

이
인간…

내
걸프렌드가 좀.

난 익숙해.
지금

CD?

내 등 뒤에 있는 가방에서
'유라이어 힙'
CD 좀 꺼내줘.

한나.

반짝반짝 빛나는
물체 속에
음악이 담겨있는 게
좋아서.

난 CD밖에
안 들어.

가브는 아직도
CD 같은 걸
들어?

아아, 이것?

자.

137

!!

푸우

138

어이!!
애들아!!

휴식이다.
화장실 다녀와.

후아암~~···

분명….

야, 혹시 껌 같은 것 있나?

아… 좋아?

좋은 곡이네.

자.

땡큐.

It's 〈OBORO ZUKIYO〉. 〈으스름달밤〉이라는 곡이야.

Japanese song of moon, 일본의 '달'에 관한 곡이지.

이봐, D.

보리스 말이
맞았어.

네?

네 색소폰.

삼촌이
그랬거든.

'D의 연주를 보면
놀랄 거다' 라고

143

헤비메탈 쪽으로.

나도 옛날에
프로 뮤지션이
목표였어.

날 어딘가 이상한 놈이란 눈으로 쳐다보는 사람들이 늘어났지. 친구도… 가족들도.

근데 밴드를 시작하고 어느 정도 시간이 흐르자, 주위 사람들이 변하기 시작하더라고.

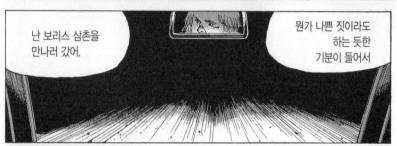

난 보리스 삼촌을 만나러 갔어.

뭔가 나쁜 짓이라도 하는 듯한 기분이 들어서

삼촌은 놀라지도 않고 이렇게 말하더군.

피어싱에 가죽점퍼 차림을 한 날 보고

비록 밴드맨은 되지 못했지만, 난 후회 따윈 없어.

나한테 삼촌은 늘 '옳은 소리'만 하는 사람이야.

'최고인데?' 라고.

내 꿈은 여전히 계속되고 있으니까.

What's…
가브의…

your dream?
꿈이 뭐데요?

최고의 밴드의
투어를 서포트 하는
것이지.

헤헤헤….

그거야
당연히

이제껏 얼마나 많은
밴드의 운전기사로
일했죠?

글쎄,
한 20팀은 했을걸?

145

헤헤헤….
쫄았나?
불안해서
눈물 나려고 해?

그 어느 밴드도
최고가 되진
못했지.

아직

최고에
가까워진
팀은?

그중에서

네,
움직이고 있으니까요.

반대?

아뇨…. 그 반대예요.

움직이고 있으니까.

넷이 한데 모여
차를 타고

끼아아악

이 라디오
곡….

symphony No.5.
교향곡 제5번.

Beethoven,
베토벤

<Destiny>….
<운명>이다….

…………

일본에서도
그렇게 부르나?

그래,
<운명>이지….

147

좋은
밴드명일지도.

···No.5라.

D, 그건
너무 촌스러.

부다다
다
···

곡의 첫 시작부터 끝까지
지속적으로
아이 콘택트를 할 거야.

부
따
따

나야 릴랙스하며
들어갈 수 있어 좋지만,
너희는?

곡 순서는?
가령 블루스를
첫머리에 집어넣어
일단 그 자리에
적응하는 건 어때?

특히나 템포가 불안할 때는
내 쪽을 바라보며
연주해줘.

블루스로
집중한 다음에
시작하자.

투어 첫 번째
라이브니까

응.

어떻게
생각해? D.

이제 곧
도착이다…

자.

제39화
NOTHING
PERSONAL

여기서
요기하고 가게?

…뭐야,
이 레스토랑은?

푸우—!…

네?

아니, 여기서 연주할 거야.

오늘 밤 라이브 공연장이거든.

151

여긴 라이브 하는 장소가 아니야.

재즈나 록을 따지기 이전에

'JAZZ' 라는 글자는 아무 데도 안 적혀있는데?

이건 그냥 일반 식당이잖아, 가브.

리허설부터 해.

짐 내려놓고

라이브 하우스는 아니지만, 화, 목, 토요일에는 생음악을 연주하는 집이라고.

난 좀 쉬어야겠어.

투어 첫날은 레스토랑이군.

망할—. 저놈의 가브 자식—.

하자.

레스토랑이지만

연주하게 해준다잖아.

가자.

다양한 곳에서
연주해봤지만

한나가 설 공간이
아슬아슬한데?

이건 너무 좁은데?
4명 다 올라갈 수 있나?!
심지어 모서리야.

좁기론 1, 2위를
다투는 면적이네.

기분이
별로야.

도저히 잘될 것
같지 않은데.

시골 식당에서 재즈를
연주하라 이건가?

153

글쎄?

D 녀석은
사장이랑 무슨 얘길
하고 있는 거야?

아아,
정말
~…

멋진 플레이를
보여드리겠습니다!!

오늘은 라이브를
하게 해주셔서
감사합니다!!

당케,
당케!!

일단 한 세트.

아니 아니.

저어, 그래서…
오늘 밤은
두 세트죠?

손님들이 기뻐하는지
아닌지 알아보는
방법은 아주 심플해.

알겠지?

손님들이 기뻐하면
두 세트.

첫 번째 세트가
끝나고도
손님들이 안 돌아가면
기뻐한다는 뜻이지.

154

그 다음은
박수 숫자
아닐까?

영어 좀 더
잘하는 녀석은
없나?

어—어, 그
기뻐한다는 건 대체
뭘 보고, 어—어….

그렇지.

박수를 많이 받아야 한다…?

손님들이 남아있고

We play 저희는

our best, 최선을 다할 겁니다.

마이크에 소리가 담길까…?

이 앰프, 고장 났어.

베이스 드럼도 못 쓰겠군…!!

맙소사!!

건반이 덜그럭덜그럭, 조율도 엉망진창…!! 차라리 내 장난감 키보드가 더 낫겠네.

156

응… 그러게.

내가 힘껏 연주해야겠네.

OK, 그럼 〈I'm here〉의 흐름부터 확인해보자.

넌 좋겠다. D, 같은 악기로 연주할 수 있어서.

간디였나?

'이 세상에는
성공과 배움밖에
존재하지 않는다'라고···.
아, 만델라인가?

실패란 좋은 공부라고
누군가 그랬지.
안 그러나? 스팍.

오늘 밤 라이브는
성공할까?
실패할까?

뭐, 아무렴 어때?
괜히 이상한 기대하는
것보다야 낫지.

아무리 봐도
재즈를 들을 것 같은
손님들이 아니야.

아… 네.

밴드
멤버세요?

저어…

신청곡 좀
부탁드립니다.

D,
어떻게 할까?

네.

신청곡?

〈We are the world〉
라는 곡을.

저어—
여러 가수들이
같이 노래했던

할 수 있을 것
같긴 한데.

스탠더드
넘버라면

저기에 앉아있는
저희 할아버지가 가서
신청하고 오라고 하셔서.

네…?

이봐,
우리가 연주하는 건
그런 곡이—.

나도!!

반 헤…. 미안하지만

우린 재즈밖에 연주하지 않소.

그것 좀 연주해줘, 반 헤일런의 〈Jump〉!

난 〈렛잇비〉나 카펜터스의 명곡들을.

그래. 우린 그것 때문에 돈을 낸 거고.

이 집은 원래 신청곡 OK야!!

자네들은 베를린에서 와서 잘 모르나 본데

해줄 거지?! 신청곡.

여긴 원래 그런 가게니까, 그냥 연주하는 수밖에 없지.

야!! 어쩔 거야!!

뭐야, 이거지…?

난 라이브로 우리 곡을
연주하러 온 거지,
Youtube가 아니라고!!

난 절대
안 해!!

신청곡을
연주할 바엔
차라리 돌아갈래!!

심지어
재즈 넘버조차도
아니고.

솔직히 누구든
상관없잖아.
신청곡 따윌
연주하는 건.

그냥 운이 나빴다고
생각하고, 한두 곡만
연주해주는 건
어때?

그래서는 손님들이
납득하지 않을걸?

나도 싫어.

좋아.

신청곡은…
연주하지 않겠다?

…………
…………

얘들이 이러는데, D.
너도 설득 좀 해줘.
안 그러면
이대로 돌아가야 해.

둘이서…
우선 신청곡에 응하자.

나랑 라피가
연주할게.

그러니까…
신청곡이
끝날 때까지.

손님들도 딱히 나쁜 소릴
하고 있는 건 아니잖아.

그때까지만
기다려줘.

라파, 시간 됐다.
나가자.

……………
……………

우리가 나갈 수 있는
분위기로 만들 수 있을까?

라파, 〈We are the world〉
부터 해도 될까?

OK.

템포는?

D 좋을 대로 해.
내가 맞출 테니까.

Guten Abend.
안녕하세요.

나머지 둘은
어디 갔어?

어라?
4인조 밴드
아니었나?!

메인 테마부터
간다.
어때?

첫 시작은
둘이서 동시에.

빨리 시작하지
않고!!

이봐, 뭘 의논하고
있는 거야?!

그렇게 하자.

알았어.

반드시.

우리 둘이
재즈로 몰고 가서
브루노와 한나를
불러들이는 거야.

꼭
성공시키자.

D!

원, 투,
원투.

그래,
⟨We are the world⟩네.

이건….

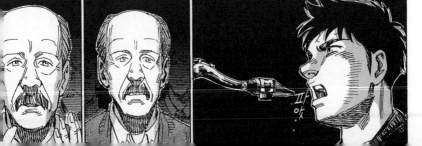

170

이 독일 시골의
작은 식당에서

우리 투어의
첫 번째 날.

기필코
성공시키려
하고 있다….

D는

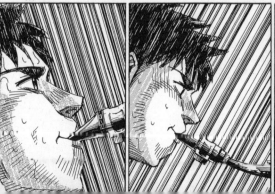

고작
신청곡
한 곡을.

이렇게까지
연주하나….

하하하…
좋은데~?!

〈LET IT BE〉.

명곡이야.

174

즐기고 있다.

라짜는

신청곡이든 뭐든
즐길 수만 있다면
그걸로 족한 거야.

음악만 할 수 있으면,
넌 그걸로
행복한 거겠지.

가장 중요한
부분일지도
모르지만…

뭐…
드러머의
자질로서

175

손님들이 요청한 곡을
3곡이나 연속으로
심지어—

…D.

이렇게까지 온 힘을 다해 부는 거냐!

록도, 팝도···

넌 식사하던 손님들의 손을 멈춰 세우고 음악에 집중하게 만들고 있다. 어디 그뿐인가···

확실히

손님들 중 몇 명은 너에게 완전히 매료되었어.

흥….

오오~.

하지만 D, 나는 다르다. 넌 관객이 있는 자리까지 맞이하러 나갈 수 있어!

난 관객을 위해 나 자신을 바꾸지 않아. 그게 잘못되었다고도 생각지 않고.

네가 그런 녀석이라는 사실을 지금 깨달았다.

3번째 곡부터 라파는 D의 표정을 봐가며 치고 있어. 아마 볼륨을 컨트롤하기 위해서겠지.

어?

점점 합이 맞아가고 있어.

라파와 D는

D도 몸을 비스듬히 꺾어 드럼 리듬에 주의를 쏟기 시작했고.

이런 식으로 합을 맞춰가는구나….

난
저 녀석들…

특히 D라는 녀석을
좀 알 것 같아.

브루노 넌

못 하는
일이지.

밴드를 위해
자기 자신을
전력을 다해
희생할 수 있는
놈이야.

D는
관객이나

뭐?
그건 너무하잖아.

난 할 수 있어.
근데 안 하는 거지.

그래. '안 하는' 게
아니라

'못 하는' 거지.
너도 그렇잖아?
한나.

매정하구나?
한나 너.

난 재즈를 하고 싶은
것뿐이니까.

하찮은 자존심이라고
무시당해도
상관없어.

그가 꼭 누군가를 위해
무언가를 희생하고 있는 건
아니지 않을까?

그리고
D 말인데…

180

다른 무엇보다도
자기 자신을 위해.

관객을 위해,
밴드를 위해,
그리고

D는 그저
지금 할 수 있는 일에
최선을 다하고 있는
것뿐이야.

D는

Selfish(자기 중심적)한
인간이라 생각해.

그리고 D의
저 플레이가

전력을 다하는 건지
아닌지도 모르는
일이고.

Yeah!!

짝 짝 짝 짝

뜨하앗

억 억 억

드럼도
대단해.

제법 훌륭한데?
저 동양인.

Good play!
좋은 연주였어!

D.

덕분에 재미난
음악을 들었어.

잘 맞춰줬어!!

라파…

억 억 억 억

색소폰은
다이 미야모토입니다.

드럼은
라파엘 보뇌

but we are Jazzband.
So we play jazz from now, OK?
우리는 본래 재즈 밴드입니다.
지금부터 재즈를
연주해도 될까요?

We played pops,
팝을 연주하긴
했지만

괜찮겠지.

재즈래.

삐!

괜찮지 않을까?
재즈.

피아노,
브루노 카민스키!!

베이스의
한나 페터스!!

태연히…
당당한
표정으로—

호오～
그런가.

우린
늘 이렇습니다,
라는 느낌으로
나오는 건가….

둘 다

즐거워 보이는걸.

그런가? 평범한 건데.

그렇구나… 프로니까.

…I see. …맞는 말이야.

아니… 신청곡을 먼저 연주해서

기분이 좀 더 별로일 줄 알았는데.

뭐?!

이런 자리에 찡그린 표정으로 걸어 나오는 놈도 있나?

185

솔로 순서는

좀 변칙적이지만, 나, 라파,

첫 번째 곡은 차 안에서 얘기한 대로 블루스. 중간 속도로. 프레이즈는 브루노한테 맞춘다.

두 번째 곡은 〈I'm here〉로. 세 번째 곡은 브루노 곡을 연주하고, 네 번째는 스탠더드.

D가…

그 다음이 한나, 마지막은 브루노가.

시작해, 시작해!!

삑 삑

이봐, 뭘 그렇게 수다를 오래 떨어?!

리더십을 발휘하려 하고 있어.

관객들이 상당히 달아올랐는데?

너랑 라파의 플레이에

We play for us. 우리를 위해 연주할 거야.

여기서부터는 달라.

스윽...

186

브루노...

벌써 집중하고 있군.

그렇구나.
비좁은 공간이라도
라파와 눈짓을
주고받을 수 있는
위치에 가서 섰다.

한나는…

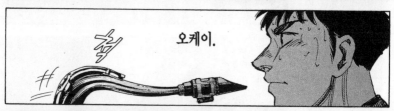

오케이.

187

원투.

원투.

투…

원…

딱 딱
딱 딱
딱 딱
딱 딱
딱 딱

익숙해질
때까지
억누르고
있는 건가?

고음역을
사용한
최소한도의
멜로디!

귀중한
뮤지션일지도
…!

멤버들 중
그 누구보다도

사실
브루노는

189

191

엄청나게
집중하고 있다!

라파….

이토록 섬세한 솔로를 칠수 있구나…!

좀 전까지의 라파와는 완전 딴 사람 같아.

두

두두

두

웅

웅

생각하고 있나?!

솔로를

두

웅

호오~~.
저렇게 작은 체구인데도
박력 있는데?

하하하,
유쾌하구만!

멜로디가
안 나오는 건
이미 클리어
했구나.

아하….
일부러
그런 건가?

그렇게
조율이
엉망이었
는데…

⁉

…10시가 넘었군….

후아암～….

아직 안 돌아온 걸 보니

그런가～….

지금쯤 한창 세컨드 세트 중인가.

다음 권에 계속

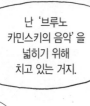

BONUS TRACK

난 '브루노 카민스키의 음악'을 넓히기 위해 치고 있는 거지.

지금도 마찬가지요.

누군가의 음악을 거드는 게 뭐가 재미있다고?

서포트 뮤지션이라곤 단 한 번도 생각해본 적 없소.

'내 음악을 들어줘' 라는 녀석의 음악은 재미있지. 안 그런가?

당신도 분명 공감할걸?

소위 '자신의 나라'라는 것이
연주에 드러나지.

그걸 깨달은 건
그 네 명이서 연주하던 때였소.

나라가 다르면
연주도 다른 법이지.

우린 네 사람 다
국적이 달랐소.

…물론
그 녀석들도
그랬소.

극단적으로
표현하자면,
내가 연주하는
음악이란

Samurai도, Kamikaze도
만나본 적 없고,
심지어 그 녀석 자신도
만나본 적 없다고 했지만.
그래도
그 녀석의 소리에는
그 녀석네 나라의
무언가가 담겨있지.

'내 나라가 연주하고 있다'
라는 뜻이랄까.

영 코믹스

BLUE GIANT SUPREME 5

2020년 3월 31일 초판 발행　2024년 7월 9일 3쇄 발행

저자 ········· Shinichi ISHIZUKA

번　역 : 장지연　　　발행인 : 황민호
콘텐츠1사업본부장 : 이봉석
책임편집 : 장숙희/김성희
발행처 : 대원씨아이(주)
서울특별시 용산구 한강대로 15길 9-12 전화 : 2071-2000　FAX : 797-1023
1992년 5월 11일 등록 제1992-000026호

ISBN 979-11-362-2360-9 07830
ISBN 979-11-362-1020-3 (세트)